poet

祈りの言葉たち

繁野 誠
Makoto Shigeno

文芸社

poet

祈りの言葉たち

†

contents

Chapter 1　poeter's　whisper
― 詩人のささやき―

Chapter 2　nature and dream
― 自然と夢 ―

Chapter 5　story of poesy
―― 詩の物語 ――

Chapter 1

poeter's whisper

―詩人のささやき―

こころから

あなたにとって
今日という日が良いものになりますように。
あなたにとって
この毎日が充実したものになりますように。
あなたにとって。あなたにとって。
悲しみ。淋しさ。焦り。苦しみ。
すべては彼方に追いやって。
私はわたし。
愛は心に、心は花畑のように。
おだやかで、美しく。
うつろいやすいが、いつまでも。いつまでも。

疲れた者へ

“お前は、よくやっているよ。
今日はなにも考えずに楽しもう。
これからのことはまた明日考えればいい。
今日はなにもかも忘れて楽しもう。
お前はよくやっているよ。前に進んでいる。
だから、疲れるんだ。
さあ、笑おうじゃないか。気をぬけよ。
肩の力をぬいて、今日は楽しもう。”

“今日はなんでも好きにするがいい。
なんでも記念に買えよ。自分へのごほうびだ。
前に進んで疲れた自分へのごほうびだ。
小粋なジャズでも聞きながら
おいしいものを食べよう。
とるにたらない、つまらない話をしよう。
あまりにもつまらないって笑おうじゃないか。
今日はまた明日陽がのぼるまで
ゆっくりと楽しもう。”

一日の終わり

夕の讃美歌も終わり
チャペルの建物も長い影をひく。
今日という日ももうすぐ終わる。
やがて、眠りの時がやってくる。
明日はまた違う世界。
今日という日は
チャペルの長い影が消えるとともに
終わりを告げる。
チャペルからは一日を感謝する歌が聞こえてくる。

神から与えられし今日という時。
寵愛に満ちたその時間はいつか過ぎゆく。
胸に宿りし今日の産物。
隣人とともに分かち合う心の糧。
今日という日に感謝。
明日が訪れる今に感謝。
明日も今日と同じく豊潤の時が訪れますように。
神に感謝。隣人に感謝。
今日培われた心の糧に感謝。

十字架のむこうの輝きは、やがて、山の奥へ。
金色の満たされた世界はやがて終わり、変遷の夜へ。

満ち行く人

この街のどこかで、きっと空を見上げて
願いを乞うている人がいる。
きっときっと自分のことを好きになろうとして
好きになれずにいるのだ。
私はわたし、そう思える人が何人いるだろう。
私はわたし、なんてそう簡単にはいかないものだ。

カナリアが鳴いている。
家の軒でカナリアが鳴いている。
つらいの？　悲しいの？
それでもカナリアは生きている。
澄みきった声で鳴いている。
生きるのにつらい時もあるだろうに。
やすらぎって何？
カナリアにとっても、私にとっても。
やすらぎって何なのか？
やすらぎ――。
それが見つかれば、もっと楽に生きられるだろうに。

疲れている顔はなにかを放ち続けているから。
落ち着きのないしぐさは
自分の中に潤いがなくなったから。
じゃあ、なにをとり入れればいい？
どうすれば自分は満たされる？
これからどうすればいい？
ずっと探している。
私はずっと自分に必要な潤いを探している。
みんなだってそうに違いない。
私たちは無意識のうちに
何かを探し求めているのだ。

満ち行く人、
顔からはやわらかい笑顔がこぼれる。
満ち行く人、
やさしさ、余裕、甘いやすらぎ。
すべて持ちそなえる。
満ち行く人、どこにいるのか。
満ち行く人、あなたのようになるためには
どうすればいいのだろう。

詩があるから

強い夕日を浴びたアスファルトの道。
私は不安といらだちにかられる。
浅はかな感情が自分のリズムを狂わせている。
容赦なく照りつける強い日ざし。
空気は人の心をも乾燥させてしまうのか。
余裕のない感情が
どこかに破壊の対象を探している。
夢のない、まったく夢のない現実世界。
私はいらだちと空しさのなかで
どうしていいのかわからない。
過去、私はそこで自らを責め、他人を責めた。
過去、私はそこで悲しみにくれ、
やり場のない空しさにさいなまれていた。
強い夕日に、私はいつも惑わされていたのだ。
しかし、今は詩がある。
詩がいかなる状況でも私を守ってくれる。
乾いた風景、いらだつ状況の中でも、
詩が心の動揺を防いでくれる。

夢描き

夢はせつなく願いて、かなうかかなわぬか。
夢はせつなく思いて、かなうかかなわぬか。
心地よい場所で願ううちは心も清らかで。
世俗にまみれた場所で願えば花のように散る。
夢は、実際にいただける夢とはかなり違っていて。
それでいて形は異なるものの感慨はみな同じ。
夢は魅力的で、それでいてはかなく。
夢は現実味がないようで、
それでいてすぐそばにある。
夢、かなうといいね。
かなう夢もあるよ。かなわぬ夢もある。

夜のつぶやき

子供の頃はみんな友達で
本気で怒ったり、喜んだり、悲しんだり。
でも、大人になると、誰でも仲よく話せるけど、
心はいつも一人ぼっち。
心許せる人はごくまれで。
淋しさにはのみこまれそうで。
大人はいつも鎧を着てて。
仮面の中ではいつも悲しんでいて。
大人って悲しい生き物。
今の人って、悲しい運命。

自然に包まれて、恐れもあり畏敬の中で、
喜んで、怒って、悲しんで。
自然に顔に感情が出ていて。
人がみんな一つの方向に向いていた。
そんな時代もあったはずなのに。
今は誰もが仮面の中で悲しんでいて。
酒を飲んで、感情をむき出しにして。
それを見ていて、引いている。

乾いたアスファルトの上で、嗚咽を漏らしながら、
ネオンを見上げる日。
そこに人の温もりはありますか？
そこに幸せの匂いはしますか？
そこにあなたの生きざまは認められますか？

この乾いた感情を、誰がどうしてくれるのか。
この乾いた感情を、私はどうすればいいのか。
この乾いた感情を、なくす手段はあるのだろうか。

世の中は今、どこへむかっている？
人は今、どこをさまよっている？
私は今、なにをしている？

夜と朝のはざまで

空は暗闇。少ないが星の輝きもある。
虫の音も聞こえる。
しかし、夜は終わりつつある。
空は暗闇であるが、
雰囲気はどこか明るさを漂わせている。
星の輝きもどこか印象が薄い。
虫の音もひっそりと静まる音ではない。
虫たちもわかっているのだ。
もうすぐ朝のくることを。
今度の朝は希望の朝であろうか。
それとも、ただ背中を押されて
動き始めただけの平凡な朝であろうか。
今日という一日はいったいどんな一日だろう。
今日一日でなにか変わったことはあるだろうか。

私たちは日一日年をとっていく。
今日一日、私はどんなことをおぼえるだろう。
もうすぐ朝はやってくる。
心が主体の夜は終わり、
身体が主体の昼がやってくる。
今日一日、私はこの一日を大事にできるだろうか。
今日一日、このかけがえない一日を
私は充実したものにできるだろうか。
夜空はもうすぐ朝焼けに変わる。

君へ

どこにも行かなくていい。
ここにずっといればいい。
なにも求めなくていい。
ここにじっとしていればいい。
自分はここにいる。ただ、それだけでいい。
なにも求めなくていい。
なにもしなくていい。
ただ、ここにいるだけでいい。
それだけでいい。
すべてはここからはじまる──。

Chapter 2

nature and dream

—自然と夢—

青い世界の手前

澄んだブルーの世界の中で、
自然界では考えられない組み合わせの魚たちが
泳いでいる。
大きな魚、小さな魚、エイや古代魚、
甲殻類の姿もある。
魚たちは広くて大きな青い世界の中で、
音もなく動いている。
部屋の中はしいんとしている。
黒を基調としたその部屋に、二人しかいない。
女は青い世界のすぐ前で、
じっとその世界を眺めている。
男はすこし離れたところで、
魚など興味なさそうにベンチに座っている。
しばらくそのまま静かな時間が流れる。
女は立ったまま、男は座ったまま。
ただ時間が流れる。
ブーンという空調の音だけが聞こえている。
その間も、魚たちは青い世界のただなかで
音もなく動いている。

しばらくして、男は立ち上がると、
女のそばへ歩いて行く。
女は立ったままである。
男は女と一緒に青い世界を眺める。
二人、じっと青い世界の魚たちを眺める。
―― いつか僕たちも
　　こんな魚に生まれ変わったりするのだろうか。
男がそう言っても、女は黙っている。
―― いつか魚になったとしても、
　　また君に出会えるかな。
女はやはり黙っている。
二人、また青い世界を眺めるだけになる。
―― 魚になるのも悪くないな。
男はそうつぶやく。
―― 君と会えなくなっても、
　　ここなら暮らしていけるかも。
女はやはり黙っている。しかし、急にうつむく。
男はそれに気づいていたが、
水槽から目を離さずにいた。

―― 魚になったとしても、また会えるよね。
そう言う男の言葉には
どこか幼さのようなものが混ざっていた。
女は黙っていたが、
なにか必死に耐えているようだった。
―― そろそろ出よう。
　　もう閉館の時間はきているはず。
女はその言葉に歩きだし、
男もその後についていく。
部屋を出る時、女はそのまま出ていってしまったが、
男はドアのあたりでもう一度立ち止まり、
青い世界を振り返る。
そして、また女の後を追う。

それから二年が過ぎた。
男は別の女と結婚し、二人の女の子にも恵まれた。
あの時別れた女が、その後どうなったか。
それからは連絡もとっていない。
それから家族で何度かその水族館には訪れた。
そのたびにあの青い水槽の前に立つのだが、
不思議と前の女を思い出すことはなかった。
部屋も明るく模様替えされていた。
しかし、時折、あの女のことは思い出す。
そして、あの女を思い出す時、
青い世界の前に立っている
細い姿しか思い出せないのである。
あの部屋で見た青い世界。
あの青い世界があの女自身であったかのような
錯覚すらおぼえるのである。
あの時見た青い世界は、明るいものであったか。
暗いものであったか。
今の男には思い出せない。

森が生み出すもの

うっそうと茂った静かな森。
淡い緑に彩られたその森は神秘のたたずまい。
風は流れ、葉は揺れ、霧はわだかまる。
白いむこうの緑の世界。
森は雨を濾過し、澄み切った清い水を生み出す。
木々はその息吹の中で
ひんやりとした湿った空気を生み出す。
森の生き物はシンプルに生命の声を
あちこちにこだまさせている。
森は生きている。
白いむこうで荘厳にたたずむ。
晴れの日も、
雨の日も。
森はピュアな生命の恩恵を生み出し続けている。

The Earth

地球、　その球体は、花のように幻想的で、
　　　　水のように清らかで、詩のように感覚的で、
　　　　人のように痛みがわかり、
　　　　悲観をともなうものの、希望を奏でている。
地球、　愛があり、
　　　　その中に悲しみや怒りがあり、
　　　　楽しさや喜びがある。
　　　　生き物が存在していて、争い、助け合い、
　　　　いがみあい、許しあっている。
地球、　希望ある水色の星。
地球、　くすみつつはあるが、なお感覚的で純白。
地球、　球体のやわらかみをもつ。
地球、　やさしさという大気で守られている星。

四季の詩《うた》

春は花が咲き乱れ、生命の謳歌を喜ぶ。
春の風に漂う桜の匂いのように、
あなたは目に見えるものだけが
この世のすべてでないことを
私に教えてくれた。

夏はたけだけしい日ざしとともに
貫くような希望をのぞむ。
夏の風に漂う潮の匂いのように、
あなたは心の強さこそが
この世で生きていくために
どれだけ必要かということを
私に教えてくれた。

秋は枯れかけの森の中で、自らの意思を問う。
秋の風に漂う落ち葉の匂いのように、
あなたはつかのまの安らぎが
よりよく生きるために
大切な変化をもたらしてくれることを
私に教えてくれた。

冬は白い雪の下、眠りながら活動の時を待つ。
冬の風に漂う種子の匂いのように、
あなたはやがてくる夢の到来を
希望を捨てずに
信じ続け、待ち続けて生きていくことを
私に教えてくれた。

満たされる場所

病気にさいなまれた私たちは
夕方の散歩を毎日の日課にしている。
いつも近くの海岸まで歩いていくのである。
夏を前にした曇り空の日、
私たちはいつものように海岸ぞいを歩いていく。
トンビが鳴いている。遠くにセミの声も聞こえる。
漁を終えた船が一隻一隻港へ戻ってくる。
「おーい」と、私が手を振ると、
漁夫もこちらに手を振ってくれる。
妻はそんな私の行為にいつもほほ笑む。
漁船が通った後には、幾重にも波が立つ。
その喧騒で、虫の声もしばしおさまる。
おだやかな場所。暑くもない、寒くもない。
すこし風はある。
時折、凪いだ海面に飛魚がはねる。
「今日はなにかあった？」
そんな問いに妻は笑って答えない。
こんな質問もいつものことなのだ。
「んっ、今時うぐいすが鳴いてる」

「うそ」
「ほらっ、あれはうぐいすだろう？」
妻も耳をすます。
「そうかしら」
私たちは近くのテトラポットまで行き、
そこに腰かける。
遠くの方で
ぼーんという船のエンジン音が聞こえる。
私たちはしばらく海を眺める。
「雨がくるかな」
「こないわよ」
「でも、すこしひんやりとしてきた」
「傘をもってきてないわ」
「まぁ、なんとかなるよ」
私たちはそれから
一時間ばかりそこに座っていただろうか。
心地いい心潤う時間である。
「ねえ、私たちの幸せって、なにかしら」
「幸せ？　うーん、なんだろね」

考えてみても、なにも浮かばない。
「昔の幸せといったら、
おかしをいっぱい食べたいとか、
母さんに褒められた時とか、
そんなことだったと思うけど」
「そんなんじゃなくて、今の幸せよ」
「うーん、なんだろうね。
でも、こういう時間じゃないかな」
平凡だったが
なにか説得力のようなものがあった。
妻もなにも言わずに納得しているようだった。
「幸せって、なんだろうね。
何を求めるわけじゃない。何を願うでもない。
今この時が心地よくて安らかだったら
それが幸せなんじゃないかな」
そんな答えに妻は笑う。
私はその笑う意味がよくわからなかったが、
またなにか訳のわからないことを
言ってるとでも思っているのだろう。

「そうね」
しばらくして、妻は言う。
「そうさ、こんな時間が幸せなんだよ」
私はそう言い、何度かうなずく。
私たちはその後もしばらくその海岸で過ごした。
暑くもない、寒くもない。
心地いい風が吹いている。
釣り人は静かに糸を垂らし、
子供たちは三四人集まって
アミでなにかをとっている。
時折、漁船が戻ってきては
静かな海面に波を立てる。

笈谷《おいや》神楽

杉林と水田の村。今宵は年に一度の村祭り。
村の社《やしろ》に集う人々。
子供たちの遊び場も今日ばかりは社の近くである。
昼間から鳴り響く太鼓の音、笛の音。
忙しく行き交う舞台作りの男たち。
夕暮れからたかれる篝火。
家々はどこも灯籠をともす。
先人たちを送る年に一度の鎮魂祭。
一年の無事を願う年に一度の厄除け祭り。
笈谷神楽はもうすぐはじまる。

旅人は社の隅で、今宵行われる神楽の
ものものしい雰囲気に圧倒されている。
祭りの旗が社のいたるところに立ち、
しかし、出店などは出ていない。
杉林にくくりつけられた提灯の列。
村人の着ている色あざやかな法被。
赤と白の衣装は神楽に携わる人であろう。
村人が総出で何かを作り上げようとしている。

旅人はあたりの雰囲気に圧倒されながらも
神楽の始まる宵の口を待っている。
村人たちはそんな旅人など目もくれず、
舞台や踊りの準備に忙しい。
やがて、杉林に宵闇がやってくると
社の中には多くの篝火が焚かれる。
太鼓の音、笛の音もその頃には止んでいる。
旅人は篝火に誘われるように
舞台の方へと歩いていく。
舞台のまわりには
すでに多くの村人たちが集まっている。
旅人もその後方から舞台を眺める。
舞台の両サイドには大きな篝火が焚かれている。
村長らしき老人がマイクを持って、村人に話しかける。
そして、話の最後に多くの名前を読み上げる。
それはこの一年に亡くなった村人の名前を
読み上げているのだ。
村人たちはその名を聞きながら
手を合わせている。

老婆などは数珠を持って
必死になにかつぶやいている。
子供たちもなにごとかわからぬながらも
黙って話を聞いている。
やがて、村長の話が終わると
舞台に衣装を着た子供たちがあらわれる。
子供神楽のはじまりである。
やわらかい太鼓の音とともに
子供たちが練習通りの神楽を披露する。
その踊りは不思議なステップを踏んでいて、
手の動きはまるで指先に気が宿るような
ある種雅な踊りである。
子供たちはかなり練習したのだろう、
列を乱すことなく、上手に踊っている。
顔に化粧はしていない。
ただ赤と白の衣装を着た子供たちが
列を乱すことなく踊っている。
舞台の手前では、家族やその血縁の者たちが神楽を
食い入るように見つめている。

旅人も村人たちの後ろから
神楽を真剣に見つめている。
子供神楽は一時間ばかりも続いたであろうか。
それが終わる頃にはもうすっかり夜である。
明かりといえば
両サイドの大きな篝火しかないのであるが、
そんな明かりのなかで
舞台は異様な熱気に包まれている。
子供神楽が終わると
その後は笛の独演となる。
村人たちも子供神楽の熱気からひとまず息をつく。
神楽を終えた子供たちが
晴れ晴れとした顔で家族のもとへ戻ってくる。
そして、家族からねぎらいの言葉をもらっている。
頭をなでられ笑顔をみせる子供たち。
旅人はそんな光景に胸が熱くなる。
そして、笛の独演が終わると
次はいよいよ笈谷神楽である。
先ほどとはあきらかに違う太鼓の音や笛のリズム。

舞台はふたたび熱気に包まれていく。
舞台にあらわれたのは
二十歳ぐらいの若い娘である。
神楽を踊るのはこの娘一人なのだ。
篝火に照らし出された赤と白の衣装に
目尻と口の紅が映える。
激しくとどろく太鼓の音。
切れるように高い笛の音。
神楽は徐々に神秘的な様相をおびてくる。
舞台の上では一人の女が激しく踊り続ける。
その踊りは悲痛なほど純粋さに満ちていて、
指の先に気の変化が起こっているようである。
この踊りの一つ一つには
この村のあらゆる意味がこめられているのだ。
その息詰まるような笈谷神楽を
村人も旅人も真剣なまなざしで見つめている。
旅人の心はとまどいのただなかにある。
この踊り、この拍子。村のあらゆるものが
断片的に旅人の心に押し寄せてくる。

それは神秘的で、荘厳で、
旅人の心に大きな衝撃をもたらす。
旅人はその衝撃を必死に抑えつつも、
舞台から目を離せないでいる。
ただ物見で寄った村祭りであったが、
この神楽を見つめる村人同様、
真摯な気持ちで神楽を見つめているのだ。
女の踊りはさらに激しさを増していく。
踊っている女のしぐさにも
気力のかげりが見えはじめる。
しかし、それを見ている村人の目が妥協を許さない。
女はまるで村の生け贄のように
舞台で一人踊り狂うのである。
大地をとどろかす太鼓の音。
身を切り裂くような笛の音。
女は舞台の上で一人、
村を司る神のように踊り続けている。
村人たちはしだいに舞台にむけて
願をかけはじめる。

これからも悠久にこの村が続きますように。
この村がいつまでも安穏でありますように。
村人のほとんどが手を合わせている。
すべての人は立ち見である。
大人の間にいる子供たちも
この雰囲気のままに手を合わせている。
旅人は胸の奥にこの村の悠久を感じながらも、
舞台から目を離せないでいる。
やがて、ドンっという太鼓の音とともに、
女が舞台の中央にひれ伏す。
そして、静かな笛の音とともに
半身を起こし、杉の上の月を見上げる。
神楽は終わったのだ。
まわりからは一斉に拍手がわき起こり、
脇から男たちが出てきて、神楽の女を抱き起こす。
女はもう一人では
起き上がれないくらい衰弱しているのだ。
その後、舞台に誰もいなくなる。
村人たちもそれぞれ動きはじめる。

しかし、旅人は
その後もしばらく舞台から目を離せないでいた。
この村の生きざま、
村中の供養の火が旅人の胸にくる。
神楽が終わってしまうと、
どこの土地にでもあるような
ひなびた村祭りの雰囲気に戻っていく。
村人たちはいつものように親しく話しはじめ、
子供たちは夜の社で遊びはじめる。
あの神楽の女はどこへ行ったのか。
旅人は舞台から消えた神楽の女と話がしたかったが、
結局、その姿をふたたび見ることはできなかった。
旅人は次の土地へ旅立つ時がきた。
しかし、その前に
あの神楽の女に聞きたいことがあった。
神がその身に宿ったあの女に、
希望というものの本質を聞いてみたかったのだ。

その惑星は、なにを願うでもなく
なにを求めるでもなく

宇宙を漂うその惑星は
大海をただよう難破船のように
果てしなく、広大な空間を、
いつまでも、どこ行くあてもなく、
動いているか動いていないかという感覚で
流れていく。
広大な漆黒の空間を前に、なにを願うでもなく、
なにを求めるでもなく、流れていく。
幾千年、幾億年、まわりの星は変わりながらも、
漆黒は同じで、いつまでも流れていく。
惑星はほかの惑星と衝突して
粉々に壊れる可能性はある。
しかし、そこで壊れた細かな一つ一つの惑星が
また無情の旅を続けるのである。
惑星の旅は終わらない。

惑星は広大に広がる宇宙のただなかを
大海をただよう難破船のように
なにを願うでもなく、なにを求めるでもなく、
流れていく。
いつか、なんらかの目的が見つかるまで。
いつか、なんらかの意義を見つけるまで。
いつか、なにかのきっかけを待ち
なにを願うでもなく、なにを求めるでもなく、
流れていく。

日曜日

ビルの物陰で、スケボーの練習をする青年。
何度も何度も階段の手摺にボードをのせながらも、
そのたびに体勢を崩して
もう一度チャレンジしている。
ビルとビルの間で、昼を前にした静けさの中で、
青年は一人、ボードの転がる音をたて続けている。

地下鉄が地上に出てきて、
街の通りよりも上の高架を走る時、
黒いコートの女は
そこから見える都市公園を眺める。
休日で、出店も出ていて、
風船をもった子供やさえない衣装のピエロ、
乳母車を押す母親らの姿が見える。
女は公園をぐるりとまわる地下鉄の車内から
じっとその光景を眺めている。
乗客は少ない。
春を前にした寒空の日、
車内は変なあたたかい空気に包まれている。

ビルの屋上で、壁にもたれて座り、
空にむかってタバコをふかしている中年男。
眉間には神経質そうな皺が刻まれている。
屋上から見える街並も、中年男は見る気もない。
ただぼんやりと灰色の空の下、
タバコをふかしているだけなのだ。
そばにはタバコの吸い殻が山のようになっている。
中年男はまだ吸いはじめたばかりのタバコをもみ消し、
また新しいタバコに火をつける。
そして、上着のポケットに手を入れて、
けっして明るくはない空を見上げる。
誰もいないビルの屋上、中年男はただ一人、
ぼんやりと空を見上げている。

街は灰色の空の下、静かに昼の刻を待っている。
けっして明るいとはいえない静かな休日。
人々は明日からの仕事を頭に入れながらも、
それぞれにこの休日を
満たされたものにしようとしている——。

嵐のあと

澄んだ空気、高い空の下、
街はこの上なく純粋に、
人の心もこの上なくおだやかに、
嵐の爪あとは気にしながらも
これからのことに期待をよせる。
道ばたに散らばる葉やちぎれた枝端、
傾いた外灯、曲がった信号機。
そんな情景も、この澄んだ空気の中、
澄んだ陽ざしの中で、
なんとなく現実味のないおだやかな風景である。
“嵐が過ぎてよかったね”
“なにもなくてよかったね”
人々の会話の中にも
今のおだやかさを尊ぶ声が聞こえていて、
日常にありがちな
暗い現実味をおびた会話などはない。
どこか心の休まる一時。
自然はかぎりなく身近に感じられ、
人の心は嵐の後の安堵感に満ちている。

Chapter 3

mind

— 心 —

草原の詩《うた》

“かならずや、かならずや
私はこの草原へと戻ってきます。
これだけの人たちの温情を
どうして忘れることができましょう。
私はまたこの地へ戻ってきます。
この草の香り、この風の匂いをかぎに
ふたたびこの草原へと帰ってきます。
あの渡り鳥がふたたび帰ってくるよりも早く、
この花の絨毯が
ふたたび敷きつめられるよりも前に、
私はここへ戻ってきます。
ほんのつかのまの、
ほんのつかのまのお別れです。”

清い目をもつ青年は
そう言い残して、旅立っていった。
あれから何度、このかぐわしい風が通り過ぎ、
この美しい花の絨毯が敷きつめられたことか。
あの青年は、あの清い目をもつ青年は、
今どこに…。
それはまだこの靴がま新しかった頃のこと。
人の心が素直に心に届いていた頃のこと。

心の傷

やわらかな球体にひびが入る。
いつもは明るい黄色の球体が
ひびのところからじょじょに赤くなり、
じんじんとそこは濃くなったり薄くなったり。
そんな時、人は表情も暗ければ顔色もさえない。
自然と振る舞ってはいても
球体の痛みは身体へとやってくる。
ひびがうまり
いつもの黄色の球体に戻るまでには
どれくらいの時間がかかるのだろう。

深い緑に包まれて、深呼吸をする。
一回、二回。三回、四回…。
陽はおだやか。鳥の声も聞こえる。
また深い息をする。
緑に包まれた静かな場所。
また深い息。
何度も何度も、深い息。

心の傷が治癒するまでかなりの時間がかかる。
それまでには多くの気持ちのまぎれが必要なのである。
そんな時でも、祈りの言葉は胸を打つ。
人のぬくもりが心を軽くする。

生きていく力

その人と会うまでの私は
まるでコップに入れられた植物のように
根が伸びず、未熟児のように痩せ細り、
弱りきった人間であった。
本来の伸ばせるはずの根を伸ばせないままに。
そんなだから、強さもなく、
あらゆる選択に弱さが出る。
欲望に負け、常識にはまることができずに、
悲劇を招く。
日々、夜の街を歩き、愛のないセックスをし、
それでも満たされずに頭をたれる毎日。
かたにはまることができず、
人との競り合いにも応じられず、
隅の方へと追いやられる毎日。
孤独へと追い込まれ、
自分の価値も見いだせず、
自らの生命さえ惜しくなくなる毎日。
私は腐りかけていた。

その人は神ではない。
特別な存在でもない。
ただの人。普通の人。
しかし、その人の存在が私にとって大きかった。
誰もがその人の存在を大きく感じるわけではない。
誰もが異なる鍵穴を持っていて
それにあてはまる鍵を持った人だとも言える。
私にとって、その人がまさにそれであった。
再会という形で会い、あいさつをし、
ただすこし近況を話しただけである。
その時はしいてなにも感じなかった。
しかし、その後私の頭は働き、
その人なら私をわかってくれる。
自分の気持ちを尊重してくれる。
自分の人生を肯定してくれる。
そう思った時に、
今まで自分の存在を
無価値なものだと思っていた、
希望のないものと思い込んでいた私の心に、

ある活動が生まれはじめたのだ。
それは活力となり、
身体や心に元気を生み出しはじめたのである。

私たちは社会の中で
コップに入れられた植物のように生きている。
そんな中、大きな力を持ってくる人は
コップから根を突き出し
育っていく人間なのだろう。
コップから根を突き出す
その力とは一体何なのか？
ただの一つの出会いが
その力を生むのかもしれない。
出会いが何百回あり、
偶然という幸運が何百回かさなっても、
その力は出ないのかもしれない。
どちらにしろ根の広がりのある人間が強いのだ。
強ければ常識の中ででも生きていける。
欲望にも打ち勝てる。

自らの力も思いのままである。
しかし、誰もがコップに入れられた植物のように
弱いままなのである。
欲望に負け、常識にはまることができずに、
悲劇を招く。
日常の悲劇はさらに大きな悲劇を生む。
私たちに必要なのは
コップを突き破る力を持つことなのだろうか。
それはこの社会で生きていく私たちに課せられた
試練なのだろうか。
どちらにしろ、その試練を乗り越える鍵は、
どうも心の中にあるようだ。

追憶と疑問

友達とけんかして、泣いて家に帰った。
父と母は私を連れて海に行ってくれた。
家の近くの海。ただの普通の海。
泣いた私を真ん中に、トラックは海岸ぞいを走る。
悲しくはあったが
海に行けたということもあり、
私はもう泣くのをやめていた。
家に帰る頃には、けんかしたことなど
ささいな出来事のように思えていた。
あの頃の私には父と母がいた。
しかし、今の私には一体誰がいるのだろう。
大人になり、人となり常識も身につけた。
なにか欲しいものがあれば
それを得るだけの経済力も持った。
しかし、今の私を誰がなぐさめてくれるのだろう。
父と母と行った海で
私はなにも満たされはしなかった。
しかし、逆立っていた感情は
おだやかになっていた。

人は、なにも満たされなくても
感情がおだやかであれば
普通に生きていけるのだ。
では、今の私は
どうやっておだやかになればいいのだろう。
なにも満たされもせず、
誰からもなぐさめてももらえず、
一体私はなにを求めて生きていくのだろう。
一体なにをこんなにしてまで
私はぼんやりと生きているのだろう――。

心の処方箋

なぜ、君はそこで決算しようとするの？
なぜ、君はそこですぐ答えを出そうとするの？
この世は明日で終わりというわけでは
ないというのに。
たとえ明日、この世が終わったとしても
魂は永遠を刻んでいくというのに。
答えなんか、そんなにぽんぽん出てきやしないよ。
答えなんて
一生かけてもそうそうあるもんじゃない。

心の中にはいつも不安がある。
過去は刻まれるものだし、守られるものだが、
未来は明るくも暗くも
つかみどころのないままに私たちをもてあそぶ。
まるで清い心の青年を惑わす遊女のように。
しかし、我々は日一日を
精一杯生きていかねばならない。
動物だという、その生命力を忘れてはならない。

未来をのるかそるかというゲーム感覚で
挑戦していく心をもつといい。
遊女に惑わされながらも、
自らの心を偽りながらも、
漂うことを楽しんでいく。
そんな前向きな心をもつといい。
答えなどないと
ただひたむきに生きている農夫のように、
鍛練な心をもつといい。

人生は…

人生はＧＡＭＥのように
コインの表か裏かを当てるだけ。
手の中のコインがはたして表なのか裏なのか。
考えて、言って、当たるか当たらないか。
それだけ。
人生はコインの気まぐれ。
人生なんて、人生なんて。その時その時の運。
ただそれだけ。
じゃあ、
そんなコインにふりまわされるのではなく
そのコインの気まぐれさを楽しんでみようよ。

まるですべてを賭けて
ディーラーの手をうかがう賭博師のように。
切れのある笑みを浮かべて
手の中のコインを言い当ててみる。
そんな状況を楽しんでみようよ。
人生はＧＡＭＥのように
コインの表か裏かを当てるだけ。
切れのある笑みを浮かべて、
手の中のコインを言い当てる。
ただそれだけ。

再生への呼び声

“さぁ、疲れた身体を休めなさい。
動き続けようとする自分の心を止めなさい。
感覚を休止させ、鼓動のみに耳を傾けるのです。
自然の中に身を捧げ、その中を漂いなさい。
時間に流され、動くことなく、
呼吸だけに気をむけながら、
刹那が生み出すものだけを
自分の中にとりこみなさい。
あとは茫漠とした彼方に追いやって。
自分の第一のリズムを刻むのです。
生まれたばかりの
シンプルで純粋無垢な自分の鼓動に
生きるリズムを合わせなさい。”

心に挿す水

うるおいのなくなった心に
水を注ぐ術《すべ》はあるのだろうか。
乾いた心は欲情をかりたて、
気持ちに奥行きをなくす。
自らの滅びゆく手段を
勝手に選択しはじめている。
心に水を挿すことはできるのだろうか。
うるおいのある心をとり戻すには、
どうしたらいいのだろう。
頭が痛い。身体中がほてる。
いらだちが心をかき乱す。
欲情が自分を突き動かしはじめる。
私はもうなすがままである。
心に水はどこから挿せばいいのだろう。
私はこれからどうなるのだろう。
だんだんとおちていく自分を、
いまだ止める術《すべ》が見あたらない——。

賢者のことば

子供の頃、雨の中、白い装束の老人が言った、
その言葉が忘れられない。
老人は白い口髭のむこうから
私の心に深く刻む言葉を発した。
―人間とは異なもの。
　あれだけ人の中にいることを
　うざとく思いながらも
　解き放たれた孤独の中では
　まったく無力な生き物になる。
　まったく人間とは異なものだ―
雨の中、白い装束の老人は語る。
―宇宙の中に一人、何もまとわず、
　裸のまま、心のまま、漂うた人間がいた。
　その人は広大な空間で一人、
　なにもないただなかで一人、
　心さまようことを望んでいた。
　しかし、実際の宇宙は
　あまりにも膨大な空白の地。
　その無音無情のなかで

遠くに星は見えるものの
その人はその場所に
恐ろしいほどの違和感を感じた。
胸の切り裂けるような不安と
恐ろしく切実な孤独感にさいなまれ、
その人は悶絶した。
ただの一時、宇宙の空間に
身をおいただけなのに ――
老人は口もとに笑みを浮かべて、
私にむかいこう言った。
――本当の孤独の地で生きていけるのは
子供だけなのかもしれぬ。
大人には絶えられぬ世界なのかもしれぬ。
それゆえに子供たちは強く
希望をもった生き物なのだろう ――
そんな言葉が、私の耳に深く焼きついた。
そして、私も大人になり、大人の心を持ち、
白い装束の老人が言った言葉の意味を、
今も心の中で繰り返し考えている。

心の影が語ること

人は生きるって意味をはきちがえている。
その意味とは？
生きる動物であること。
それを忘れてはいけない。
自分が動物でなくなったかのような、
自分がなにものかであるような、
そんな錯覚をおぼえ
そこに現実とのズレが生じる時、
人はいいようのない不安と衝動にかられる。
人は動物である。
生きている動物である。
ものを食べ、子を生み、死んでいく。
そんなシンプルな動物である。
それを忘れてはいけない。
人はいわゆる動物にはないものをたくさん持ち備える。
言語、モラル、文化、慈悲。
そんな多くのものを私たちは美徳とした。
それゆえ、自分たちがなにものかであるような、
そんな錯覚をおぼえてしまったのだ。

しかし、人間も動物である。
ものを食べ、子を生み、死んでいく。
そんなシンプルな動物である。
それを忘れてはいけない。
それを忘れた者たちが
現実とのズレに苦しみ
いいようのない不安と衝動にかられる。
身を守ることもそうである。
他人を決して人として許してはいけない。
動物の持ち備える疑心と感覚によって
血のつながりを守っていかなければならないのだ。

常識や道徳を盾に
人をなにものかであるような錯覚を起こせば
そこにいいようのない悲劇が生まれる。
人はそんな時、
まさにそんな境遇におかれた時にこそ
はじめてそれを痛感するのだ。
自分が根底から思い違いをしていたことを。

影を知ること。
昼でない夜のあることを認めること。
常識や道徳だけではない、
淫靡な変態な自分がいることも認めよう。
心の中に悪魔のいることも気づこう。
心の影が語ることに耳を傾けよう。
影はそれゆえ、
この世で自分を守っていく、その術を教えてくれる。
影はそれゆえ、
この世で生き抜くための知恵を授けてくれる。
影をそれゆえ、
自分らしく生きるための指針を示してくれる。

Chapter 4

hope and despair

— 希望と絶望 —

祈りのことば

たとえば十字架の前で膝をついて
あなたは陰りなく生きていると言えますか？
たとえば貧しい星の下、隣に与えられたパンを
あなたはとらないと言えますか？
この世には星の数ほどのさだめがあり
そのさだめに逆らえない
星の数ほどの悲しみがある。
そのなかに
わずか手のひらほどのささやかな幸せ。
人の喝采のなか、強い日ざしを浴びて
こぶしを突き上げた勇者はもういない。
後に残るは、流れ星のように
一縷の輝きを残して消える凡夫の群れ。
その輝きははかなく弱く、
その間はかぎりなくわずか。

どうか、これからも東から太陽が昇り
西へ沈んでいくように。
どうか、いつまでも喜びが
悲しみをうわまわるように。
どうか、いつの日かこの世に
愛が満ちあふれるように。
悲しみよ、全部、あの彼方へ。
悲しみよ、全部、あの彼方へ。

祭壇へ

一歩一歩、金色の階段をのぼっていく。
今までの思いも、今までの人生も、
この階段をのぼりきれば無になるのだ。
すがすがしい光が降りそそぐ。
かぐわしい風。鳥の鳴き声。
私はもう振りむかない。
一歩一歩、祭壇へとのぼる私。
階段をのぼることだけが私の唯一の目的。
その目的へと足を運ぶ安堵感。
あとは祭壇に立ち、審判を仰ぐのみなのだ。
光のむこう、いつも身近でいまだ見たことのない、
あの方のお裁きを。

迷いは後悔を呼ぶ。
後悔は悪魔のささやきのように私を破滅へと導く。
幼きあの日。
雨の中、肉親を失ったような悲痛の時。
私はなにもできなかった。
絶望とともに見上げた空。

あの時の私は、あの日の私は、一度死んだ。

金色の階段をのぼっていく私。
光にむかって歩んでいく私。
清らかな光。おだやかな風。心の静けさ。
あの祭壇が私の最後の目的地。
終着にありがちな落胆はない。
目的は彼方へ広がる希望に満ちている。
少しずつ階段をのぼっていく私。
あと少しという
はち切れんばかりの期待感。
私は私。
世界は世界。

祭壇は私と世界を結びつける不思議な場所。
祭壇は私と私とを結びつける絶対的な場所。

あの頃の土曜日

子供たちは落ち着きなく
塀をのぼったり飛びおりたり。
おたがい追いかけっこをしあったり。
街は屋根から屋根へ万国旗がゆれている。
通りは人でごったがえし、明日は花の日曜日。
誰もがもうすぐあらわれる鉄のかたまりに
希望をふくらませている。
やがて、ブーンという重い音とともに
グレーの飛行艇があらわれる。
割れんばかりの拍手と喚声。
街は今、興奮のるつぼである。
堂々とした空の王様は
ゆっくりとゆっくりと上空へのぼっていく。
誰もがその姿に自分の希望を交差させている。
遊びに夢中だった子供たちも、
空の王様があらわれると
たちまちそのとりこである。
驚きと畏敬の表情で空を見上げる。

飛行艇はゆっくりとゆっくりと
空のかなたへ消えていく。
街には希望の余韻だけが残る。
子供たちはそれからはこぞって
飛行艇のパイロットごっこである。
なにもなくなった大空に
子供たちの飛空挺が縦横無尽に飛びまくる。
希望の象徴だった飛行艇は
空のかなたへ消えてしまったが、
人の心に残った希望のかけらは
だんだんとふくらむばかりであった。
空という未知の領域を占領したような、
そんな優越感が人々の心にみなぎっていた。

乾ききった街の人々

男という生き物。
女という生き物。
この世はどういう場所なのか？
生きていくために必要なものとは？
生きていけない
その能力のない者たちはどうなってしまうのか。
愛とはなんだ。神とはなんだ。
すべては、なんなんだ――。

街の通りをわが者顔で歩く女子高生。
その笑顔は不敵で、乾いた軽い声。
社会はそんな彼女たちをやさしく許している。
スカートの丈の短さで
男たちの目を引きながらも、
自らを守る手段も知らずに
不敵な笑みを浮かべて、街の通りを歩く女子高生たち。

憎しみをもった青年は
そんないたい気な女子高生たちの後ろをついていく。

群がった女子高生が散り散りになりはしないか、
うす暗い街はずれに入りはしないか、
猟師《ハンター》のような目でくいいるように見つめている。
女なんて、きたならしい生き物だ。
女なんて、女なんて。
青年の心はそんな女たちを迫害してやろうと
うずうずしている。
さらにその根底の心では
純潔の血を流し続けている。
青年の目はもう病みきっている。

青年は社会を受け入れられず、
女も受け入れられずに、
夜の街をさまよった。
そして、金で愛を売る女たちに自らを許した。
そんな女たちは青年に対し、やさしかった。
青年の欲求をすべて満たしてくれた。
青年はそんな女の一人に、無上の愛をもち、
その愛はやがて悲劇を生んだ。

青年は女を抱き終わると、
女の身体を引きよせ、体温を感じる。
女も青年にすがりついて
次の来訪を約束させようとする。
その隣からは奇声のような女のあえぎ声。
激しくいたぶられる声が
二人の耳に入ってくる。
そんな時、青年は女を強く抱きしめ、
自分はやさしくするよとほほ笑む。
女はそれを聞いて、さらにすがりつく。
街を歩く女子高生とおなじ笑みを浮かべながら。
その頭の中では次の来訪を約束させようと、
それだけを考えながら。

外灯のともった建物と建物の間で、
青年はついに女子高生の一人をつかまえ、
その顔を鷲づかみにし、横面を殴打する。
女子高生の目は
今までにない瞳孔の硬い目をしている。

街でわが者顔で歩いていた
あの不敵な笑みはどこかに消え、
そこにあるのは現実を現実と受け止められない
とまどいと大きな恐怖である。
青年は建物と建物の間で、女子高生を凌辱し、
あの隣で聞いた女の奇声のように、
激しく女を責め、
そして、心をずたずたに引き裂いた。
ことが終わると、
青年は満足げな笑みを浮かべて、
女子高生の顔に唾を吐きかけて、
その場を立ち去る。

しばらくして、
女子高生は汚された身体を自らの手で抱き、
そばで虫のたかる外灯を見上げる。
その明かりのむこうには高いビルディングの群。
悲しいというよりも、
おそろしくドライな感情が心の中に渦巻いている。

女子高生は瞳孔の硬くなった目で、
その場を動くこともできず、
高いビルディングの赤ランプを
ずっと見上げている。

その後、女子高生は二年後三年後、
浅はかな男たちの間を渡り歩き、
そのたびに男たちを裏切り、
にやりとほくそ笑む。
軽はずみだった笑顔は
いつしか凌辱的な笑みへと変わっていた。
そのにやりと笑う横顔は
いつぞやの青年の笑顔によく似ていた。

乾いた風景。
乾いた社会。
街の通りを往来する人々。
コンクリートの街。排気の臭う街。
そこになにがあるのだろう？

そこでなにを求められるのだろう？
潤いとはなんだ？　癒《いや》しとはなんだ？
乾ききった街の人々はいつも求めている。
どこかにあるはずの心の潤いを。
その潤いははたしてこの街のどこにあるのだろうか？
悲しみの街。
憎しみの街。
そんな街で生きている私たち――。

座っている老人

古びた街の一角、
人も通らぬような狭い路地の片隅で、
いつも同じイスに腰かけて、
うつむきぎみにじっとしている痩せ細った老人。
ぼろの服を着て、
昔流行したハットをまぶかにかぶって、
老人はいつもそこにじっと座っている。
その老人はいったいなにを考えているのだろう。
陽の傾きかけた夕方。雨まじりの昼下がり。
朝霧の曇り空の日。
老人はいつもそこに腰かけて、
うつむきぎみにじっとしている。
幾日も、幾日も。
老人はそこで
いったいなにを考えているのだろうか。
これまでの人生でも振り返っているのだろうか。
それとも
残りわずかな行く末を案じているのだろうか。
息子の心配をしているのだろうか。

妻の思い出にひたっているのだろうか。
晴れの日も、雨の日も。
朝の時も、夕の時も。
陽のあるあいだはずっとそこに腰かけて、
うつむきぎみにじっとしている。
その老人はなにも語らない。
しかし、その姿はなにかを語っている。
古びた街の一角で、
人も通らぬような路地の片隅で、
いつも同じイスに腰かけて、
うつむきぎみにじっとしている痩せ細った老人。
ぼろの服を着て、
昔流行したハットをまぶかにかぶって、
老人はいつもそこに座って
いったいなにを考えているのだろう。
その老人はなにも語らない。
しかし、その姿はなにかを語っている。

この街を出る前に

車窓から見える街並。
すれ違う車の列。
通りを行く人もいない。
ネオンは美しくも悲しく
夜の闇に色どりをそえている。
海のむこうには少ないが船の明かり。
山は夜よりも暗く、
その裾では車の列が光をつないでいる。

渇ききった私の心は、もうなにも求めていない。
もうなにも望んでもいない。
走る車を運転する私の最低限の気づかい以外は、
死んでしまったかのような
黒い感情が残るのみである。
この車を走らせながら、
私はどこへむかうのだろう。
この車を走らせながら、
私はどこへ行くというのだろうか。
心の貯蓄はすべて使い果たした。

心の中にはもう使えないものばかりだ。
そんな心で、私はなにをしようというのだろう。

コンビニから出てくる若い男。
二人して歩きながらもなにも話さない恋人たち。
肩を落とし、
ただ足を前に出しているだけの中年男。
子供たちは笑いながらも、
通りのむこうへ渡れずに悲しい顔をしている。
車は走る。
あてもなく、身体が壊れることもなく、
ただ無情に、ただ一定のスピードで、
この街を通り過ぎていく。
この悲しみはどうやったら消える？
渇ききった風景。淋しい四車線道路。
星ある夜空も潤ってなんかいない。
視界に映るものはすべて意味をもっていない。

私はただ息をし、

最低限の運転の気づかいのみで、
あとは使えない心の重荷を背負ったまま
生きている。
そこに答えなんかない。
ただ時間をやり過ごし、
それだけが自分の唯一の
生きのびる術だと思い込んでいる。
こんなことでいいのだろうか。
なにかを破壊すれば
なにか変化が起きるのだろうか。
囚人になり、
暗い部屋の中で一人、
正座して、
自分を見つめなおす時間を用意されて、
毎日毎日強制の中で生きていく。
そんな生き方の方がよっぽど幸せなんじゃないか。
なにか違う。
なにか違和感をぬぐいきれない。
この世は生きているだけですさんでいくんだ。

そんな時代に生きているんだ。
それはわかる。
でも、そこを生きぬいていく、
その手段が見つからない。
人と話をしていても
置き換える言葉を並べているだけ。
そこに潤いなんかない。
何も考えなくても、
ただ毎日同じ事をしているだけで生きていける。
そんなやつらがはびこっている、
この田舎街。
テレビもくだらない。
本もくだらない。
そんな場所で
私はどうやって生きていくのだろう。

こんな時代の、こんな毎日の、
平和で平凡という戦地に生きている私たち――。
こんな渇ききった世界を

私はどう生きのびていけばいいのだろうか。
飢餓を前に、人のものでもかまわずつかみとり、
口に運ぶ。
そんな食べ物に似た私の欲求するものは、
いったい何なのか。
それを見つけるために、私は街を出る。
それを見つけるために、私はこの街を出ていく。
答えがあると望みながら。
ただ生きのびようと、それだけを考えながら。

神の言葉

神は迷える人々を集めて、こう言われた。
“迷い人たちよ。
あらゆることに迷い、決断できずに、
ただ日々行き詰まり、死を考えている人々よ。
お前たちに心の指針を示してあげよう。”
神は語る。
“人は死ぬものである。
誰にでも生があるように、また誰にでも死がある。
しかし、そんな思いが迷いを生む。
まるで自らが永遠の生命で漂う流星のように、
はなはだしい思い違いをしている者たちよ。
死を認識しながらも、
それを現実味のない認識にとどめておく者たちよ。
自らの意義や価値を
はなはだしく思い違いしている者たちよ。
そんなお前たちに
私が真実の指針を示してあげよう。”
神はそこで言葉を止め、
ふたたび語りだす。

“生が確実であるように、また死も確実なのだ。
生の次には死がやってくる。
それを本当の意味で理解すること。
そして、死へと歩む自らに
今なにが足りないのか、
今なにを求めなければいけないのか、
自問するがいい。
そして、死はやってくる。
そのつかの間の時間の中で、
自分はいったいここでなにを行うのか、
自分はいったいここになにを残すのか、
それを自問するがいい。
死は確実である。
自らは確実に滅びゆく。
そう意識して、それまでのつかの間の時間を
どう生きるのか。
よくよく考え、答えを導き出すといい。
自らがこのつかの間の時間の中で、
なにを行うのか。

なにを求めるのか。
それを導き出せた時、
生きるための第一歩が踏み出せるのだ。”
神は熱くなった自らを落ち着かせるように、
一息つく。
そして、ふたたび語りだす。
“死へと歩むつかの間の時間の中で
自分はいったい何を行うのか。何を求めるのか。
それを自らに問い、答えを導き出すといい。
そして、それを行動にうつすといい。
その過程に、喜びがあり、悲しみがあり、
苦しみがある。
それが人生の糧になるのだ。”
神は最後にこう言われた。
“この世は乾ききった場所である。
そんな場所でも充実を手に入れる者たちは、
みなこの自問から第一歩を
踏み出せた者たちなのだ。”

ギターの流しのいる場所

ギターを鳴らす、その人のメロディーが美しいのは、
その人が乗り越えた悲しみの大きさが
他人の心にも伝わるから。

ギターを鳴らす、その人の歌声がきれいなのは、
その人の切実な願いが
他人の心にも伝わるから。

ギターを鳴らす、そのまわりの人々が
黙って聞いているのは、
皆が平和を願い、
自由に安穏に暮らせていけるよう切に思っているから。

ギターを鳴らす、その人を皆が貴ぶのは、
夜があり、ギターを聞きながら飲める場所があり、
生きている幸せを感じられる時間を、
この土地の神様が与えてくださっているから――。

Chapter 5

story of poesy

―詩の物語―

ビルディングの明かり

夜、桟橋はライトアップされている。
川沿いの街灯の下を歩く者もいない。
車の通りも今はない。
桟橋のそばには高いビルディングがある。
ビルディングの上には丸い月。
多くの星もきらめいている。
ビルディングの窓明かりはまちまちついている。
その一つ一つの窓には
ちょっとした物語があるのである。

暗い部屋の中で
ソファーに寝転んで、テレビを見ている若い男。
女はシャワーを浴びたままの姿で、鏡を見ている。
女は時折髪をかきあげたりしている。
「ねぇ、あさっての休み、どうする？」
「どうしよっか」
「私、チェストリーまで行きたいわ。新しいお店が
できたらしいの」
「そうしよう」

「ねぇ、この前髪、ちょっと切り過ぎじゃない？」
「いいや、悪くないよ」
男はテレビを見ながら言う。
「悪くないっか」
「いいんじゃない」
男はまだテレビを見ている。
「そう？」
女は鏡を見ながら、髪をいじる。
男は大きめのクッションを抱くと、女の方をむく。
「ねぇ」
男は笑顔で言う。
「双子だったらいいね、赤ちゃん」
「双子？」
女は髪をかきあげながら、頭を傾ける。
「男の子と女の子。そうすれば赤ちゃんのとり合いにならない」
「そう、ね」
女は笑いながら、髪をまとめはじめる。
「ねぇ、あさってはつきあってくれるの？」

「もちろんさ。なんで？」
「ううん」
女はそう言って、小さく笑う。
そして、自分のおなかのふくらみをやさしくなでる。

その上の階の部屋では、やせた中年男が一人、
明日締切りの楽曲を書いている。
机には乱雑に紙きれが散らばっている。
電子ピアノも電源が入ったままである。
中年の作曲家は落ち着きなく、
部屋の中をぐるぐると歩きまわる。
頭の中では必死に創造の世界を働かせている。
しかし、今夜は頭が澄みきらず、
思い通りの楽曲が書けない。
中年の作曲家はイライラしながら、
何度も何度も部屋の中を歩きまわる。
できることなら愛の歌を作りたい。
人の心をふうっと軽くするような
楽しい曲を作りたい。

そうは思っているのだが、
今夜はなかなか思うようにいかない。
中年の作曲家はそこでふと不安に襲われる。
この悪い状況を打破する手立てがみつからない。
別れた女のせいだろうか。
それとも面倒をみていない子供の呪いであろうか。
それとも私の才能が枯れてしまったのだろうか。
いろいろ考えてみても、楽曲は浮かばない。
男は冷蔵庫へ行き、
飲みかけのウォッカを取り出す。
そして、大きめのグラスで一気にあおる。
酔えば作曲はできなくなる。
それはわかっているのだが、
もうどうにでもなれという気持ちなのである。
もうどうにでもなれ――。
こうした状況が続いても
いつも最悪なことにはならないのだ。
今夜は自分にいい風が吹かないだけなのだ。
作曲家はそう思いながら、またウォッカをあおる。

中年男の頭の中で
しだいに想像の世界がぼやけていくのがわかる。

その階のさらに上の部屋の住人は子供である。
今夜、親は帰ってこない。
五歳の子が三歳の子を寝かしつけている。
添い寝している五歳の子も
うとうとしはじめている。
五歳の子は男の子。三歳の子は女の子。
五歳の子は三歳の子の首もとに毛布をかけてやる。
そして、その寝顔をしみじみと眺める。
僕のかわいい妹。僕の大好きな女の子。
五歳の子は両肘をついて、
じっと妹の顔を見つめる。
僕がいつも守ってあげるね。僕の大好きな女の子。
五歳の子はそう思う間も
うとうとと眠気に誘われている。
そして、とうとう電灯も消さないままに、
自分に毛布もかけないままに、

二人は夢の世界へ旅立ってしまう。
真夜中の明るい部屋。
二人の兄妹はもう夢の世界へ
旅立っている。

その部屋の隣の部屋の電灯は消えている。
しかし、暗い部屋の中で
女は一人、ベッドで眠れない。
あぁ、私のいとしい人。私の大事な人。
あの人は今、なにをしてるのかしら。
女は一人寝返りをうつ。
眠気はいっこうに訪れない。
あぁ、私のいとしい人。
今夜あなたは奥さんと
あたたかなベッドで眠るのかしら。
心がきりきり痛むのをこらえながら、
女はベッドの中で一人うずくまる。
それでもいたたまれずに、
枕をぎゅっと抱きしめる。

あぁ、私のいとしい人。私の大事な人。
私はあなたの来る玄関の物音を待っている。
かなわぬ願いと知りつつも、
私はあなたの来る物音を待ち続けている。
あぁ、私のいとしい人。
私の大事な人。
うずくまった女の目尻から
いくつも滴がこぼれ落ちる。
女はベッドの中で眠れずに、
いつまでも一人、かなわぬ期待を抱き続けている。

ビルディングの上の月はかなり明るい。
やがて、桟橋のライトアップも消えてしまう。
明かりといえば川沿いの街灯だけになる。
人通りもない。車の通りもない。
街は眠りの時間に入っている。
ビルディングの明かりも、時を追うごとに、
一つまた一つと消えていく。

盲目の手品師

盲目の手品師は
うすぎたない笑みを浮かべて、
黒ずんだ手と手をこすり合わせて、
黄色い煙を立ち上らせる。
そして、その臭いをかぎながら、
自らの技術に一人ほくそ笑む。
彼の手品を見る者はいない。
汚らしいゴミ溜めの傍らで、座り込んで、
盲目の手品師は自らの手をこすり合わせて、
黄色い煙を立ち上らせる。

盲目の手品師は、ぼろのコートのポケットから
擦り切れた一枚の紙切れを取り出す。
それを手の中におさめ、ふたたびあけると、
そこには汚い１ドル札があらわれる。
それをポケットにしまい、反対側のポケットから
また擦り切れた一枚の紙切れを取り出す。
そして、ふたたび手の中におさめると、
そこからはまた汚い１ドル紙幣があらわれる。

盲目の手品師はそれもポケットに入れ、
黒ずんだ歯を見せて、一人ほくそ笑む。
観衆などはいない。
盲目の手品師は生ぐさいゴミ溜めの傍らで、
自らの技術に一人ほくそ笑む。

盲目の手品師は
誰もいないゴミ溜めの傍らで、
一人語りはじめる。
“まだ私が若かりし頃
目の前に美しい女があらわれた。”
盲目の手品師はしわがれた低い声で語る。
“女は私にあわれみのまなざしをくれる。
その行為に
感謝の気持ちを捧げた私自身に、
こともあろうにその女は汚らしそうに
迷惑そうに、私をあしらった。
自分の輝くような美しい笑顔を
こっちにむけながら…。”

盲目の手品師はさらに言う。

“希望と絶望。愛情と偽善。美しい女と醜い男。”

盲目の手品師は目の前に手をもってくると、

自らの手と手をこすり合わせる。

そこからは黄色い煙が立ち上りはじめる。

盲目の手品師はその臭いをかぎながら、

自らの技術に一人ほくそ笑む。

船上のピアニスト

白いテーブルの上には
豪華な料理が運ばれつつある。
客は皆、フォーマルないでたちで、
食事の前のお酒を楽しんでいる。
海のむこうには美しい大陸。
船のまわりには数頭のイルカがともに泳いでいる。
夕暮れ空には幾重にもかさなる細長い雲。
船は心地よい潮風をうけながら、
南へと進んでいく。
豪華なディナーももうすぐ準備が整う。
正装のウェイターたちがあわてずに
配膳をいそいでいる。
客たちの笑い声。話し声。
ピアニストは客たちの会話を邪魔しないよう、
また沈黙が訪れないように
軽めの楽曲を選んで弾いている。
弾きはじめて一時間。
ピアニストはそばの飲水を口にしながらも、
演奏を続けている。

白いグランドピアノは
どのテーブルからも見えるように
デッキのすこし上に置かれている。
ショパン、ブラームス、モーツァルト。
ピアニストは客たちの会話を邪魔しないよう、
また沈黙が訪れないように
軽めの楽曲を選んで弾いている。
やがて、あたりは夕闇へと変わっていく。
照明がデッキを明るくしはじめる。
海のむこうの半島はもう見えない。
海面も暗くて見えなくなっている。
船のたてる波しぶきだけが
かすかに白く見えるのみである。
客たちのディナーも優雅にすすんでいき、
やがて、後はデザートだけになる。
その頃になると、
ピアノのそばにはマイクが置かれ、
船長と料理長が客たちにあいさつをはじめる。
客たちは話の終わりに拍手を送る。

船長は最後にピアニストにマイクをむける。
ピアニストは静かに立つと、
客たちにむかい、あいさつをする。
そして、今宵がよい思い出になるように
最後に自作の楽曲を演奏すると伝える。
客からはひときわ大きな拍手がわきおこる。
その後、船長と料理長は下がり、
マイクもとり除かれる。
強い照明がピアノへとむけられる。
客たちはみな会話をやめ、ピアノの方を見ている。
ピアニストは静かに腰かけると、軽く頭を下げ、
自作の楽曲を演奏しはじめる。
その楽曲は軽めのトーンであるが、
独特の哀愁がともない、
今までの演奏にはない感慨が
客たちに伝わっていく。
自然と流れるようなやわらかい曲調であるが、
ピアニストの思いが素直に
客たちの心へと響いていく。

客たちはみな演奏のとりこである。
ピアニストは弾きながら、一人思う。
あの頃。
君と過ごした思い出の日々。
お金がないながらも
甘く楽しかった思い出の日々。
つらくはあったが、
そこにはいつも笑顔があった。
あの頃、夢だったピアニストとして、
私は今演奏している。
あの頃の夢を私は手にしたのだ。
しかし、一つの夢がかなうのと同時に、
もう一つの夢は失われた。
君。もう一つの私の夢。
その夢だった君はどこへいってしまったのだろう。
あの頃のもう一つの私の夢だった君は。
私はこれからもピアニストとして生きていく。
そして、これからも
君との大切な思い出とともに生きていく。

ピアニストの演奏は、
客たちのスタンディングオベーションとともに
終わりを告げた。
ピアニストは静かに立ち上がると、
客たちに軽く礼をし、
その場を後にする。
その後、ピアニストは自室へ戻ると、
そのままベッドの中にもぐりこむ。
そして、今夜も失った夢の記憶とともに、
眠れない夜を送るのである。

Hotel Velfaare

ようこそ燦然と輝く夜の都、
ホテル・ベルファーレへ。
ここは現代の桃源郷。
贅のかぎりをつくした夜の宮殿。
豪炎を吹き上げるフロントの階段。
目まぐるしく色を変えるライトアップされた建物。
正面フロアには巨大クリスタルで造られた
ヘラクレスとヴィーナス像が陣取っている。
上半身裸の筋肉隆々の男が、斧を持ってささやく。
“ここの女は天下一品。すべて客の思いのまま。
しかも、絶世の美女ばかり。
才にたけ、客の願望を即座に見抜く。
ここの女を一度抱けばもうこの店の虜。
ここは現代の桃源郷。
贅のかぎりをつくした夜の宮殿、
ホテル・ベルファーレ。”
筋肉質の男はおもむろに丸焼きの肉に食らいつく。
口からしたたる肉汁。
照った黒い口もとにはニヤリと笑みが浮かぶ。

最上階のメインフロアには、
多くのジャグジー風呂が並ぶ。
ライトアップされたそのジャグジー風呂は
それぞれ魅惑の輝きを放っている。
その一つ一つの風呂には
壮麗なホストが女の客を待っている。
なびく髪の奥の鋭い目が、女の心を即座に射抜く。
その細く長い指で、
女の身体をやさしくさすっていくのだ。
この風呂に一度入った女はもうこの店の虜。
身も心も投げうってサービスを満喫する。
ここはまさに現代の桃源郷。
贅のかぎりをつくした夜の宮殿、
ホテル・ベルファーレ。

屋上はシンプルに、
黒の大理石で作られたオープンバー。
最新の音響でジャズやバラードが鳴り響く。

技量にすぐれた若い男女のバーテンが、
客のささやきを待っている。
黒いスーツで片目が斜視の支配人が、
いつもカウンターに腰かけて
客と酒を酌み交わす。
支配人は客に顔を近づけると、いつもこうささやく。
“ここは私の桃源郷。
贅のかぎりをつくした私だけの酒池肉林の図。
客は一度来たらもうこの店の虜。
ここは現代の桃源郷。
贅のかぎりをつくした夜の宮殿、
ホテル・ベルファーレ。”

色のないメリーゴーランド

何頭もの白馬が目まぐるしく行き過ぎていく。
白馬は上下に揺れながら、
荷車はそのまま流れていく。
数多くの電飾が、白馬たちに気品をそえている。
メリーゴーランドには誰も乗っていない。
閉園を前に、管理人が動かしているだけなのだ。
誰も乗ってない白馬や荷車が
美しい電飾の中を流れていく。
管理人はそれをそばで眺めている。
やがて、
メリーゴーランドはゆっくりと止まる。
白馬や荷車になんの異常もない。
よごれもなく、気品も失っていない。
切れた電飾もなさそうである。
まわる速さも問題ない。
管理人は最後の点検をすませると、
切符売りの部屋から自分の荷物を取り出す。
そして、メリーゴーランドの電源を
すべて落とす。

出入口にチェーンをかけると、
管理人は色のなくなったメリーゴーランドを背にして
事務所の方へと歩いていく。
管理人はしばらく歩いたところで、
ふと後ろを振り返る。
自分はいつまでここで働くのだろうか。
色のなくなったメリーゴーランドを見つめながら、
管理人はふとそう思う。
他にやりたいことがあるわけではない。
自分はずっとこのメリーゴーランドを
動かしてきたのだ。
妻も子もこのメリーゴーランドのおかげで
養ってこられた。
なにもかもこのメリーゴーランドのおかげである。
管理人は思い出す。
家族を連れて
このメリーゴーランドに遊びに来た日のことを。
妻と一緒に白馬に乗ったかわいい息子の顔を。
あのかわいかったわが子が、

今や自分を助けてくれる存在にまでなったのだ。
それもこれも
このメリーゴーランドのおかげである。
管理人は
色のなくなったメリーゴーランドを見つめながら、
ふと涙が浮かんでくる。
メリーゴーランド。
この古いがいつまでも気品を失わない
メリーゴーランド。
管理人の心に、
今までの思いが一気におしよせてくる。
閉園はまじかである。
平日ということもあり、客の姿はもう見あたらない。
数少ない遅出の従業員が
園内を歩いているだけである。
音楽もすでに消されている。
管理人はなにかを振り切るように、
ふたたび事務所の方へと歩き出す。
そして、もうメリーゴーランドを振りむかない。

今日も仕事は終わった。
明日もまた私は
メリーゴーランドを動かすだろう。
いつまでこんな日が続くのだろうか。
しかし、
メリーゴーランドがくれた大切な日々は
失うことはないのだ。
私にとって何よりも大切な思い出の日々。
それもこれも
あのメリーゴーランドのおかげなのだ。

奇跡のビスケット

くたびれた中年男が
教壇の前にひざまづいて、
帽子をにぎりしめて、うめくような声で
神に救いを乞う。
“神様、
ワシゃ今まで人様の道をはずれるようなまねを
したことがねぇでがす。
それは神様だって
一番よくわかってらっしゃるはずだで。
だが、なんでこんなワシに
神様はこんな仕打ちをなさるんでがしょうな。
ワシらはなんの人様の道を
はずれるようなまねをしたことがねぇでがすよ。
ワシらはなんの人様の道を
はずれるようなまねをしたことがねぇでがすよ。”
神父は中年男に歩み寄ると、
その話を一字一句もらさず聞く。
“神父様、ワシらはなんの罪を犯したでがしょうな。
なんでこんな因果をこうむるでがしょうな。”

中年男はやるせない思いで、
握った帽子をさらに強く握りしめる。
“ワシにはあいつしかいねぇでがすよ。
あいつしか心許す者がいねぇでがす。
神父様、どうしてでがしょうな。
どうして神様は
こんなワシたちにこのような苦しみを
味わわせるんでがしょうな。”
中年男の声がうわずってくる。
中年男はその場にうずくまり、
必死に苦しみに耐えている。
神父は中年男の肩にそっと手をおくと、
眉を下げて、中年男の顔を見る。
そして、懐からなにかを取り出すと、
それを中年男の顔の前にさし出す。
そこには四角いビスケットが握られている。
神父はそのビスケットを
苦しんでいる男の口に入れてやる。
そのビスケットは甘くもない。

味もしない。
しかし、心の苦しみは
少しずつやわらいでいくようである。
“神父様、神父様”
中年男は神父を見上げる。
神父は中年男の肩をやさしく抱くと、
共感のまなざしで中年男の顔を見つめる。
中年男の苦しみは不思議なほどやわらいでいく。
“神父様、ワシゃもう一度生きてみるでがす。
ワシは靴を作るしか能のねぇ男だで、
また明日から靴を作っていくでがす。
ワシにはそれしかできねぇでがすからね。”
中年男は頭をたれながらも、そう言う。
神父は眉を下げて、中年男の顔をじっと見つめている。

次に教壇の前にあらわれたのは
言葉を失った女である。
女は長い髪を地面にたらし、
教壇の前にひざまづいて、教壇を見上げる。

神父は女の表情からその言わんとすることを知る。
そこに言葉はない。
しかし、女は神と
無言のコンタクトをとっているのである。
神父はその会話の中に、女の悲痛な悲しみを知る。
そして、その悲痛さをともに分かち合うように、
女の肩をやさしく抱く。
“あなたの言わんとすることはわかります。
すべては神の御心のまま、
あなたは神の御もとで
自由に暮らしていけるのです。
あなたのそばに悪い影がおよばぬよう、
私もともに祈ります。
さぁ、祈りましょう。
あなたのそばにいて
いつもあなたを見守ってくれるあのお方に。
さぁ、祈りましょう。”
女は両手をかたく握りしめ、神に祈りをささげる。
長い間、ずっと祈り続ける。

神父は眉を下げて、女の姿をじっと見つめる。
そして、そっと女の手を取ると、
懐から取り出したものを、その上におく。
女は手の中の四角いビスケットを見て、
それを口に入れる。
そのビスケットは甘くもない。
味もしない。
しかし、心の苦しみは
不思議とやわらいでいくようである。
女はふたたび教壇を見上げる。
“あなたの思う事をすべて神に伝えなさい。
そして、神に問い、その答えを仰ぎなさい。”
その後、女は長い間祈り続ける。
神父は女の肩をやさしく抱いて、
その苦しみをともに分かち合う。

夜になると、
教会はたくさんのロウソクの明かりに包まれる。
教会はしのびやかに夜更けをむかえる。

神父は夜の祈りをすませると、
自室へひきあげようとする。
すると、教壇の前に
ぽつんと男の子が立っているのに気づく。
“どうしたのかね、こんな夜更けに。
お前はどこの子かね？”
神父は男の子の方へ近づいていく。
“神父様”
男の子は神父の方を振りむく。
その表情にはなにか必死に耐えている様子がある。
“なにか悩みごとがあるのなら、打ち明けてみなさい。”
“神父様、僕は、僕は…。”
神父は男の子の肩をやさしく抱き、
その表情をうかがう。
“さぁ、打ち明けなさい。
神はお前の心をすべてをお見通しなのだよ。”
男の子はうつむくと、
ぽつりぽつり話しはじめる。
“神父様、僕は、僕は…。”

男の子は上着のポケットから
かじりかけのリンゴを取り出す。
“僕は今日ピオーネおじさんの庭から
これを盗みました。
おなかがすいていて、なんかむしゃくしゃしてたし、
それで通りがかりにおじさんところのリンゴを
一つちぎって食べました。
でも、それからはなにかいやな気持ちになって、
ずっと街中を歩いていました。
でも、なにをしても気持ちが悪くて、
なにもできなくて、結局、ここに来ました。
僕は、僕は、ただおなかがすいていたんじゃない。
なんかむしゃくしゃしてたし、
でも、このリンゴを食べた後は
とても気持ちが悪くて、
どうしていいのかわからなくて。”
神父は眉を下げて、男の子の顔を見つめる。
男の子は急に頭を上げると、教壇にむかって、
“神様、どうか僕に罰をください。

僕は今日ピオーネおじさんの庭から
リンゴを一個盗んで食べました。
それからはとても気持ちが悪くて、
なにもできなくて、
ただ、ずっと街中を歩いていました。
神様、ごめんなさい。”
男の子はそう言うと、涙をぽろぽろ流し、
何度も手でぬぐう。
神父はずっと男の子の肩を抱いている。
“神父様、神様は何て言ってるの？”
神父はしばらくして言う。
“神はお前の今日犯した罪を憎んでおられる。
神はお前が今日生きたその意義を
問われておられる。
神は今日のピオーネおじさんを
あわれんでおられる。
神は今日お前の中にいる心の悪魔を
憎んでおられる。”
“神様、どうか、どうか、ごめんなさい。

僕、僕、それからは
どうしたらいいのかわからなくて。
神様に聞こうと思って。”
神父は男の子の頭をやさしくなでてやりながら、
“お前に今日したことの反省があるのなら、
明日一番にピオーネおじさんのところへ行き、
お前のやったことを包み隠さず話しなさい。
その時ピオーネおじさんが
お前に審判を下してくれるはずだ。
そこでお前も苦しんでいるなにかから
解放されるであろう。
しかし、お前が夜更けにここへ来たことは
神がご存じである。
そんなお前に神は
決して悪い影を与えはしないだろう。”
“神父様、僕、明日一番に
ピオーネおじさんのところに行ってきます。
そして、なにもかも話します。”
男の子の表情がすこし明るくなった。

神父は男の子の顔を見、
そして、懐の中から取り出した
四角いビスケットを
男の子の口に入れてやる。
そのビスケットは甘くもない。味もしない。
しかし、心の苦しみは
すこしずつやわらいでいくようである。
男の子は泣いた顔も気にせずに、
口をモゴモゴさせている。
神父は男の子の顔を見、そして、やさしくほほ笑む。
この時、神父はこう思う。
“神から与えられしこの純粋さ。
この世にはまだ無数の美しさが
私の知らないところに存在しているようです。
美しさは希望を生みます。
その希望が多いほどに
この世も美しくなっていくでしょう。
神に感謝。今日という一日に感謝。
そして、この街の美しい人々に感謝。”

悲しきマーメイド

切り立った崖。その上にたつお城。
弓なりの海岸はゴツゴツとした岩場ばかり。
月はお城の上で、こぼれるような熟れた色をしている。
波はおだやか。空気は悲愴を漂わせている。
人魚姫は波の打ち寄せる岩場に腰かけて、
はるか崖の上のお城を見上げている。
目には真珠のような涙。
手には美しい貝がら。
“あぁ、あの方は今頃、
あの明かりの中でなにをしているのかしら。
あなたのことを思うと
私の胸は引き裂かれそう。
あぁ、私のいとしい人。私の大切な人。”
人魚姫はいつまでもいつまでも、
崖の上のお城を見上げている。
ぶ厚い雲がうねりながら城のむこうへと流れていく。
こぼれるような熟れた月は
いまだ夜空の端をぼんやりとさまよっている。
人魚姫はその場所を離れない。

いつまでもいつまでも、
岩場に押し寄せる波が幾万回を数えても。
人魚姫はその場所を離れない。
やがて、お城の明かりも一つ一つと消えていく。
そして、残すところ、あと一つか二つだけになる。
“ああ、私のいとしい人。
明かりの中の私の大切な人。”
人魚姫は美しい貝がらをかたく握りしめ、
目から真珠のような涙をいくつもこぼしながら、
明かりの消えゆくお城を見上げている。
いつまでもいつまでも、
岩場に押し寄せる波が幾万回を数えても。
人魚姫はお城を見上げている。
やがて、夜のとばりも薄れていき、
どこからともなくあらわれた太陽が
海や岩場やお城を照らし出しはじめる。
波間にも太陽の輝きが散りばめられはじめる。
月は味気ない白っぽい色になり、
水平線のすぐ上をぼんやりと漂っている。

城を望む岩場に、もう人魚姫の姿はない。
打ち寄せる波の先には
美しい貝がらだけが残されている。
太陽はしだいに威力を増していき、
すべてのものに強い光を注ぎはじめる。
美しい貝がらも幻想的な輝きを放ちはじめている。
しかし、その貝がらの持ち主である人魚姫は、
もうそこにはいない。

元気な野菜売りの娘

“いらっしゃ〜い、いらっしゃ〜い。
私のところの野菜はおいしいおいしい、
色もよくて、元気になる野菜ですよ〜。
いらっしゃ〜い、いらっしゃ〜い。”
色あざやかなバンダナとエプロンをつけて、
若い娘は老いた人にも若い人にも
元気な野菜を売っていく。
“いらっしゃ〜い、いらっしゃ〜い。
私のところの野菜はおいしいおいしい、
色つやもよくて、
食べると元気になる野菜ですよ〜。”
若い娘は元気いっぱいの明るい声で、
老いた人にも若い人にも
目の前の野菜をすすめていく。
“いらっしゃ〜い、いらっしゃ〜い。
元気な野菜はいかが〜。
私のところの野菜はおいしいおいしい、
色つやもよくて、
食べると元気になる野菜ですよ〜。

いらっしゃ〜い、いらっしゃ〜い。”
一人の中年客が店先に立って、
若い娘にこう尋ねる。
“野菜の色つやもいい。
あんたの器量もいうことなしだ。
しかし、食べると元気になるって
どうして言える？”
若い娘は迷うことなく
大きな瞳をさらに輝かせて、こう答える。
“私のところの野菜は食べると元気になりますよ。
私のところの土地はすごく日あたりがいいし、
土は黒々と肥沃もいい。
木々に囲まれていて、静かだし、
自然の恵みをたっぷり受け継いでいます。
そして、なにより私と私の母と私のおばは
いつも笑顔で
野菜たちにささやきかけているのです。
野菜よ野菜、
お前たちは人を元気にする野菜ですよ。

あたりの栄養をたっぷり吸収して、
明るく大きく育って、人を元気にするのですよ。
私たちも野菜に対して
最大の愛情をもって育てているんです。
ですから、私のところの野菜は色つやもよくて、
それに食べると元気になるんです。”
中年客はそう聞くと、
“それは見ればよくわかるよ。
お前さんのその表情を見てるだけでもね。
どれ、私にも一つ分けておくれ。”
若い娘は元気いっぱいの明るい声で
また野菜を売っていく。
“ありがとうございます。
いらっしゃ～い、いらっしゃ～い。
私のところの野菜はおいしいおいしい、
色もよくて、食べると元気になる野菜ですよ～。
私が元気なのもこの野菜のおかげなんです。
ここにある野菜は
私のところの大事な大事な自然の恵みなんです。”

夜の街の奇跡

クリスマス・イヴの夜。
空気はかぎりなく澄み、
でも、雪は降っていない。
街にはたくさんの電飾がともり、
家の中では人々がそれぞれに
思い思いのクリスマス・イヴを過ごしている——。

部屋の暖炉の明かりはあたたかい。
老婆は家の中で一人、ソファーに腰かけて、
テレビはつけているが見ずに、
毛糸のセーターを編んでいる。
そのセーターはもうすぐ仕上がる。
小さいサイズのそのセーターは
孫にプレゼントするものである。
老婆はクリスマス・イヴに一人、
今日がクリスマス・イヴだということも気づかずに、
毎日の日課でソファーに腰かけて、
編み針を動かしながら
時間をつぶしている。

テレビはつけているが、
それは音のない空間を防ぐためのものである。
老婆はセーターを編みながら、一人考える。
あの子はこのセーターを気に入ってくれるかしら？
今はたくさん柄のいい服が売っている。
あの子はこのセーターを好んで着てくれるかしら？
老婆はそんなことを考えながらも、
編み針を止めない。
三年前に夫をなくし、
子供も転勤で遠くへ行ってしまい、
今は月に一度来る子供からの引っ越しの誘いを
断るだけの毎日である。
この住み慣れた街を、
思い出深いこの街を、
老婆はどうしても離れることができないのである。
さいわいにも足腰はまだ丈夫で、
近所の人たちの助けもあり、
なんとか一人で暮らしていける。
しかし、不安はいつもある。

老婆はいつも
不安を抱えながら生きているといってもいい。
老婆はふと指を止め、テレビを見る。
テレビではクリスマスの映像が流れている。
しかし、老婆は
そのことにまったく気づかずに、
またセーターを編みはじめる。

人のいなくなった厨房。
銀のテーブルを前にして、
男が一人、ケーキを作り続けている。
男は白いパウダーをケーキの上にふりかける。
そして、イチゴを一つその上にのせる。
一息をついて、ケーキを味見してみる。
ため息。
ガンっとテーブルを強くたたき、
悲しい顔で天井を見上げる。
思うような味になっていない。
飾りつけも平凡そのものである。

自分にはいったいなにが足りないのか？
自分はいったいどんなケーキを
作ろうとしているのか？
あぁ、すべてを投げ出してしまいたい。
男はおもむろに
テーブルのまわりをぐるぐると歩きはじめる。
それでも頭は常に働かせている。
なぜだ、なぜだ。なぜだ、なぜだ。
男はイライラしながらも、悲しくなる。
女房もいる。子供もいる。
自分は家族を養っていかねばならないのだ。
そのためにここまでがんばってきた。
それなのに、それなのに。
男は思う。
自分にはケーキを作る才能がないのだろうか？
自分は人生を間違えてしまったのだろうか？
男はテーブルのまわりをひたすら歩き、
そして、しばらくして、立ち止まると、
テーブルをもう一度強くたたく。

何度も何度も強くたたく。
こぶしは痛いが、それ以上にこの現状が悲しい。
男はテーブルにつっ伏すと、頭をかかえて、
うめき声をあげはじめる。
厨房にその男一人である。
自分は間違ってなんかいない。自分は間違ってなんかいない。
男はそう何度も思いながらも、
頭の中ではもうなにも考えられなくなっている。

レンガ造りの駅の出入口。
多くの人が行き交う中で、
女は一人、来ない人を外灯の下で待ち続けている。
女の前を、身を寄せあって歩いていく若いカップル。
子供を連れて楽しそうに行き過ぎていく家族連れ。
なにかプレゼントを持って家路へと急ぐ大人たち。
女は寒さの中で一人、コートの襟を立てながらも、
その場所を離れない。
もう約束の時間は二時間も過ぎている。
女の待ち続ける人は、いまだあらわれない。

ヒールの先がかじかんで痛い。
寒さはしんしんと身体にさすようである。
しかし、あたりは見る目もあたたかく、
たくさんの電飾で彩られ、クリスマス一色である。
女は外灯の下で一人、
来ると信じている人をひたすら待ち続けている。

天使は教会の屋根に腰かけて、
先ほどからはじまった子供たちの合唱に
耳を傾けている。
けがれを知らない子供たちの歌声は
この寒空の中で美しく響いている。
天使は目をつぶり、その歌声を聞き入っている。
子供たちの合唱はボランティアである。
この冬、大きな災害があって、
その募金を集めているのだ。
子供たちの歌声を多くの聴衆が聞いている。
そして、その聴衆は道行く人もあいまって
多くの人だかりになりつつある。

子供たちはけがれを知らない美しい声で
歌い続けている。
そして、その合唱がエンディングを迎える頃、
街には十二時を告げる教会の鐘が鳴り響く。
その鐘の音は、街のいたるところで響く。
子供たちの合唱は、
聴衆の大きな拍手とともに終わる。
合唱が終わると、
神父が子供たちと聴衆の間に出てきて、
合唱の趣旨を伝える。
そして、募金を募りはじめる。
天使は子供たちの歌声を屋根の上で
心地よく聞いていた。
そして、合唱が終わるのと同時に、
ひらりと教会の中へ飛びこんできて、
神父のまわりをぐるりと一周する。
神父は自らが意図しない言葉を発しはじめる。
“さぁ、皆さん。外に出て
夜空を見上げましょう。今宵、奇跡は起こります。

子供たちの歌声と同じように、
真摯で純粋な心を持つ者だけが
この奇跡を目にできるのです。
さぁ、皆さん、
子供たちも一緒に、外に出て
夜空を見上げましょう。”
神父はそう言い終わると、はっと我にかえる。
聴衆も子供たちも、神父の言う通り
ぞろぞろと外へ出ていく。
神父も意図しない自分の言葉ながらも、
しかたなくその後についていく。
一同は外に出ると、
澄み切った冬の夜空を見上げる。
天使は教会から夜空へ高く飛び立つと、
そこで指の先の星をぐるりとまわす。
細かな金色の星の粉がそこからはこぼれはじめる。
その粉は集まった人々の頭へと降り注ぎ、
人々はそこで夜空に流れる多くの流星を
目にするのである。

たくさんの星々が川の流れのように、
夜空を流れていく。
人々は吐く白い息も気にせず、
じっと夜空を見上げている。
その一つ一つの星々には
大きな意味がこめられていて、
荘厳に、果てしなく、澄みきった夜空を
ものすごいスピードで流れていく。
夜空を流れる星の情景は
ほんの数分の出来事である。
しかし、そこで起こった出来事は人々の心に
深く刻み込まれる。
人々はその美しさに息をのみ、その美しさによって
生きる力を与えられるのである。
合唱を終えた子供たちも、
その出来事には大喜びである。
神父も自らの発した言葉ながら、
驚きのあまりぽかんと口を開けて
夜空を見上げている。

そんな状況の中、
天使はもう別の場所へと移動している。
天使は厨房の中で一人、顔をうずめて
うめき声をあげている男の隣にきて腰かける。
男は机につっ伏したまま、
ずっとうめき声をあげている。
天使はしばらく男のうめき声を聞いていたが、
やがて、
男の上に飛び上がると
指の先の星をぐるりと一周させる。
そこからは細かな金色の星の粉が
男の頭に降り注がれる。
男はその後しばらく眠ったようである。
そして、ふたたび目をさますと、
不思議なことに男の頭の中に
あるケーキの味と形が浮かんでいる。
昔食べたことのあるお母さんの味。
なんの新しみもないが、
どこかあたたかい家庭の味。

男は急に起き上がると、
憑かれたようにボールとスプーンで粉を
かき回しはじめる。
あぁ、あの味だ。
シンプルだが、飽きのこないお母さんの味。
頭に焼きつけられた味と形を忘れないように、
男は必死にボールの粉をかき回す。
自分の望んでいたケーキがもうすぐできあがる。
自分の待ちわびていた、
この店自慢のケーキができあがるのだ。
それはま新しいものではない。
斬新なものでもない。
しかし、そのケーキはあたたかくて
飽きのこない、どこか懐かしい家庭の味。
男は一心に、ケーキを作り続ける。
出来上がったケーキは
女房と子供に一番に食べさせてあげよう。
そう思いながら、男は落ちる汗も気にせずに、
作業を続ける。

もうすぐできあがる。
今までで一番おいしい、
今までで一番あたたかい、
この店自慢のケーキが。
男ははやる気持ちを必死に抑えつつ、
自分の一番望んでいた、
自分の一番作りたかったケーキを
一心に作り続けている。

男がケーキを作って、家路へと急いでいる頃、
天使はもう老婆の家のテレビの上に腰かけている。
老婆のセーターももうすぐ仕上がる。
はて、クリスマスはいつだったかしら？
老婆はふと時計を見上げる。
そこには十二月二十五日の一時と刻まれている。
あぁ、残念だわ。
もうクリスマスプレゼントには間に合わない。
老婆は大きなため息をつき
それでもセーターは編み続ける。

それから一時間が過ぎ、
セーターはようやく仕上がった。
老婆は首を傾けて、一息つく。
今日はクリスマスだったのね。
老婆はテレビを見、
クリスマスの催しをやっている番組を見る。
画面にはクリスマスを喜ぶ大人や若者たち、
子供たちの笑顔が映っている。
あぁ、このセーターを
あの子にプレゼントしてあげたかった。
老婆は残念そうに息をつく。
天使はまだテレビの上に腰かけている。
そして、老婆の顔をずっと見守っていたが、
おもむろに飛び上がると、
老婆のそばへやってくる。
そして、老婆のまわりをぐるりと一周し、
指の先の星を老婆の頭にふりかざす。
そこからは細かな金色の星の粉が
おりてくる。

老婆は自分の意思でもないのに、立ち上がると、
そっと目をつぶる。
あら、どうしたことかしら。
そして、ふたたび目を開けると、
そこは暗い部屋である。
そのかたわらには幼い子供が
おだやかな顔をして眠っている。
まぁ、この子だわ。なんてことかしら。
老婆は驚いたが、声を必死にがまんした。
老婆は今仕上がったばかりのセーターを
孫の枕元におく。
そして、孫の顔を見、ほほ笑む。
すると、また目の前が暗くなり、
今度はセーターを着た孫が
雪の中で楽しく遊んでいる光景が見えはじめる。
あたたかそうなセーターを着た孫が
大きな雪の玉を元気いっぱいに転がしている。
そのそばには子供夫婦の姿もある。
あぁ、楽しそうに遊んでいる。みんな元気そうね。

老婆は自然と笑みがこぼれてくる。
あぁ、よかった。
あの子はセーターを
気に入ってくれているよう。
そんな姿をしばらく見た後、
また目の前が暗くなり、
老婆はもとの部屋のソファーに
腰かけている。
もちろん、今作ったばかりのセーターは
もうどこにもない。
これはいったいどうしたことかしら。
不思議なこともあるものね。
老婆は驚きをかくせないながらも、
胸の内はあたたかい。
なに気なく目をやったテレビの画面には
偶然にも
『メリークリスマス。おばあちゃん、ありがとう』
という文字が浮かんでいた。

あぁ、あの人は来なかった。
こごえる身体を小刻みに動かしながら、
女はそれでもその場所を離れない。
道行く人もまばらになってきた。
しかし、女はまだ来ない人を待ち続けている。
天使は外灯の上に腰かけて、
いまだ来ない人を待つ女の姿をじっと見ている。
女は足を動かしたり、体を揺すったりしながら、
必死に寒さをこらえている。
天使はその様子をしばらく見ていたが、
やがて、ひらりと飛び立つと、
女のまわりをぐるりと一周する。
そして、指の先の星を女の頭の上にふりかざす。
そこからは細かな金色の星の粉が
おちていく。
女は不思議と
身体があたたかくなっているような気がしていた。
なぜだかわからないが、
ふうっと心も軽くなっているようである。

女は自らの意思ではない行動をとりはじめる。
後ろを向き、駅の構内へと歩いていく。
女はそのまま誰もいなくなったホームへと歩いていく。
もう終電はとっくに過ぎている。
女は自分の行動にあっけにとられながら、
またもとの場所へ戻ろうとする。
すると突然、
ホームにアナウンスが流れる。
“列車のトラブルにより
遅れていた最終電車がもうすぐ到着します。
お待ち合わせの皆さまは
白線までお下がり下さい。”
そのアナウンスは何度も何度もホームに流れる。
女はなにがなんだかわからなくて
あっけにとられている。
その間にも、
線路のむこうから
強い光があらわれはじめる。
女しかいないホームに

最終電車が入ってくる。
その何両目かの車両には
女の待ちわびていた人が
もうしわけなさそうな顔をして
女の姿を探している。
女は今起きている出来事が
あまりにも信じられなくて、
ぼんやりとその場に立ちつくしている。
電車が止まると、
男はもうしわけなさそうな顔で近づいてきて、
女を強く抱きしめる。
そのホームには二人しかいない。
女は驚きとうれしさで
どうにかなりそうである。

天使はそんな場面をもう見ていない。
また気まぐれに街のあちこちへと飛んでいき、
指の先の星をぐるりとまわして
細かな金色の星の粉を振りまいていくのである。

あとがき

言葉のもつ力とは、いったいどれほどのものでしょう。

普段なに気なく使っている言葉ですが、その言葉によって、うれしくなったり、悲しくなったり、傷ついたり、楽しくなったり。心が受ける言葉の威力は、皆さんが思っている以上に大きなものなのかもしれません。

現代は乾いた時代です。毎日毎日耳に入ってくる情報といえば、耳をふさぎたくなるような悲しいものばかり。そんななかで、私たちは日々を営み、そして、なにかを求め続けています。

現代にあふれているものは、一見華やかにみえますが、しかしその実、心の潤いを吸いとるものばかりです。そんな時代のただなかで、私たちは日一日を心をカサカサにしながら生きています。

生きるために必要な心の潤いとは何なのでしょう。

楽しさ？　やさしさ？　愛すること？　愛されること？

すべては答えのようであり、また答えでないような気もします。

今私たちが生きている時代は、灰色のアスファルト道路のように、便利ではあるが、潤いのない乾いた場所なのです。そんななかで生きている私たちは、生きるために必要な心の潤いをどうやってとり入れていけばよいのでしょうか。その栄養分が足りないから、今私たちの身近で起こっている出来事は、悲しいものばかりなのではないでしょうか。

しかし、そんな時代でも、芸術はあります。音楽があり、絵画があり、本があります。そんな媒体に触れることで心が癒される。そんな時間はとても大切なもののようです。

今を生きる私たちのほとんどすべての人が、知らず知らずのうちにそういう媒体を求め、心潤わせているのです。まるで身体が入浴して新たな活力を見いだすように、心もまた芸術によって新たな活力を見いだしていくのです。そして、それはとてもとても大事なこと。こんな時代だからこそ、今一番必要なものなのではないでしょうか。

言葉によって人に活力が与えられる。

そんな人間になれたらいいですね。しかし、私がそれに至るまでには、まだかなりの努力と時間が必要のようです。

2004年12月　　　　繁野　誠

著者プロフィール
繁野 誠（しげの まこと）
1972年、大分県別府市生まれ。
私立別府大学附属高等学校卒業。
二十歳の頃より創作活動（詩・小説）を続け、現在に至る。

poet 祈りの言葉たち

2005年3月15日 初版第1刷発行

著 者 繁野 誠
発行者 瓜谷 綱延
発行所 株式会社 文芸社
〒160-0022 東京都新宿区新宿1-10-1
電話 03-5369-3060（編集）
03-5369-2299（販売）

印刷所 株式会社 フクイン

ISBN4-8355-8771-5